청어詩人選 244

나 홀로 버티기

김찬식 第 3 詩集

청어

나 홀로 버티기

시인의 말

존재의 본성은 시기와 질투인 동시에 사랑이다.
그리고 생명을 영속하려는 항상성恒常性이다.

작금의 시대는 1970년대의 포크송과 통기타노래가 고등학교 음악교과서에 실리는 시대다. 교과서 내용에는 '밤배'를 불렀던 '둘다섯'의 데뷔 앨범 사진과 악보가 담겨 있다. 나의 10대 20대 시절에 이러한 대중가요가 교과서에 실린다는 것은 상상도 할 수 없는 일이었다.

70년대의 통기타문화가 우리세대에 큰 영향을 미쳐왔고 지금도 그 문화가 우리들의 몸과 정신에 깊이 배어 있어 7080세대 문화를 대표하고 있다.

우리세대의 추억, 사랑, 향수는 통기타(추억의 팝송 포함)와 떼어 놓을 수 없는 불가분의 관계에 놓여 있다.

한 시대의 대중가요인 통기타노래가 교과서에 실린다는 것은 그 시대의 통기타문화가 오늘을 살아가는 우리들에게 또 우리 다음 차세대에게 까지 지대한 영향을 미쳐왔고 미치고 있음을 반증하는 것이라 하겠다.

대중가요란 단순히 불리어지는 노래가 아니고 그 시대 사람들의 정신과 정서를 지배하는 큰 문화다. 위대함은 대중과 함께 할 때 그 위대함이 존재하고 가치를 발휘하는 것이다.

수년 전 런던올림픽의 폐막식에 거행된 폐막콘서트가 클

래식이 아닌 대중이 환호하는 기타를 주악기로 하는 밴드 음악인 락과 팝이었고 여성5인조 그룹 스파이 걸스를 필두로 하여 대중가수들이 무대에 올랐으며, 마지막에는 그룹 퀸의 기타리스트 테이크 댓이 무대를 화려하게 장식했다.

대중과 함께 호흡하지 못하는 문화는 암울한 문화다.

대중과 함께 하고 공감하는 문화가 위대한 문화라는 것을 증명했다.

詩도 마찬가지 대중이 외면하면 위대할 수가 없다.

시인만이 아는 시, 시인만이 즐기는 시, 알아듣지 못하는 시가 만연하여서는 아니 된다.

대한민국 시단의 풍토가 이러해서는 아니 되고 만약 이러하다면 우선적으로 해결해야할 과제다. 대중이 호응하는 대중과 함께 호흡할 수 있는 시가 되어야 한다.

시대는 바야흐로 다양한 문화가 공존하는 21세기 첨단기술의 문화다원주의 시대이다.

인생에 있어 삶의 질과 행복의 의미를 한두 가지의 단순한 문화로 재단할 수 없는 시대라는 것이다.

'최악의 과학자는 예술가가 아닌 과학자이며 최악의 예술가는 과학자가 아닌 예술가다'라고 어느 물리학자가 말했다.

다시 말해 시인은 다방면의 지식과 경험을 필요로 하는 것이다. 과학의 발달은 인간의 문화를 변화와 도약으로 이끌어 가고 있다. 심층적으로 분석해보면 인문, 철학이 인간문화를 지배하는 게 아니라 과학이 문화를 지배하고 의학, 철학을 이끌어 가고 있는 것이다.

일례로 코페르니쿠스라는 한 천문과학자의 지동설은 그 당시 중세시대에 신본주의의 근간인 천동설에 반기를 든 혁명적 사고다.

과학적 사고의 결실인 지동설은 인류를 신본주의에서 인간중심의 사회로 더 한층 변화시킴으로서 세계의 모든 문화와 예술을 신의 중심에서 인간중심의 문화로 변모시켰던 것이다.

제정일치 시대의 고대에는 제사장은 신에게 고하고 신의 계시를 받는 등 시인의 자질을 갖추어야만 했다.

신과 인간의 경계에 있는 신분이라, 세상사 만사를 꿰뚫고 있는 박학다식한 통합적 사고의 인간이 제사장이고 시인이었던 것이다.

창조적인 사고는 융합적 사고로서 통찰을 서로 주고받는데 있다. 통찰이라는 것은 상상의 영역으로서 수많은 감정과 이미지 등 통합적 사고에서 태어나는 것이다. 사물의 본성을 알지 못하고서는 어떤 상상도 문화도 탄생할 수가 없다.

이 시대는 통합의 시대다. 곧 인공지능 AI가 세계를 지배할 것이다. 과학, 의학, 우주 등등 물성에 대한 학문을 알지 못하고서는 문학을 하기도 문화를 평하기가 어렵게 된 시대가 도래한 것이다.

세상에는 위대하고 감동적인 예술이 詩외에도 많이 있다.

자기만의 예술 장르만 아는 예술인은 참다운 예술인이라 할 수가 없다.

모든 예술은 일맥상통하므로 여러 장르를 넘나들 줄 알아야 위대한 작품이 탄생한다. 문학은 더욱 더 그러하다. 소통과 참여를 모토로 하는 문화다원주의 시대에 시인은 그야말로 각자의 문화를 인정하고 또 다양한 문화를 몸소 체험하고 느껴야 하는 것이다.

각자의 가치관에 따라 시가 인생의 전부라 말하는 시인도 있지만, 시의 경계를 넘어 타 예술의 세계도 함께 넘나든다면 더욱 풍성한 삶을 누릴 수 있을 것이다.

그러므로 시인은 시가 내 인생의 전부라고 말하는 것보다는 세상의 모든 것이 시이고 내 인생이라 말하는 것이 더욱 풍성한 표현이지 않을까라고 생각해 본다.

詩로서 생계를 유지할 것이 아니라면, 이름을 날리려거나 인정받으려는 명예욕으로부터 탈피하여 독자가 읽어서 이해할 수 있는 시, 감동은 아니더라도 공감할 수 있는 시를 씀으로서 내 정신의 위대한 소산물로 남겨 자족하면 되리라.

차례

1부

느림의 미학으로

고백으로의 치유

구멍 뚫린 자존의 벽에
삭풍이 불어온다
성긴 슬픔과 응축된 침묵 속에
꿈틀거리는 옹아리

온전한 평등 속에서도
미묘하게 내재하고 있는 속박
우리는 방백傍白의 언어로 나마
미망迷妄의 어둠살을 빗질하여야 한다

애증愛憎으로부터의 상심,
입김처럼 창에 어리는 그리움
소환되는 아린 추억들로
흐느적거리는 능선의 표류

살아있음에 아프다
영혼의 청진기로
색 바래가는 생명들
신음소리에 귀 기울이고

고백은
늘 푸른 멍의 깊이로
심안 속에 울음 우는
또 하나의 나
진아眞我를 향한 치유의 묵시록

죽음, 추억하기

빛은 어둠이 있어 찬란하고
삶은 죽음이 있기에 농밀한 것이다

삶의 마지막 불타오르는 찬란한 불꽃
그대 죽음이여,
우리들은 백야의 일출과 황혼 사이에서 서성이나
언젠가는 부토에게 길을 물어야 하리라

비상하는 것 중에 추락하지
않는 것이 없으니

살아있는 것 중에 죽음을 고하지
않는 것이 없으니

허기진 별리의 슬픔보다는
누군가가 나의 바다를 기억하지 못하고
내가 누군가의 초원을 잊고 있는
우울한 노숙을 슬퍼해야 하리라

피고 지고 가고 오고
만남과 이별, 재회를 거듭하는 生이여
'Memento mori' 메멘토 모리*
우리 모두는 탄생과 함께
소유하고 있는 각자의 몫,
죽음을 포용하며 추억해야 하리라

* 메멘토 모리(Memento mori): "자신의 죽음을 기억하라" 또는 "반드시 죽는다는
  것을 기억하라", "네가 죽을 것을 기억하라"는 뜻

포비아, 미확정성과 불확실성

길을 가다 언뜻 고개를 드니 만삭의 달이 환희 웃고 있다 고개를 든 곳은 나의 탯줄이 잘렸던 곳 달의 아랫도리로 먼 별에서 가출한 유성이 추억을 몰고 지나간다 유성은 수 광년전의 추회다 빛의 여행으로 눈앞에 나타났다는 것 뿐 현재와 과거는 카오스적이라 구별은 무의미하다 타임머신에 탑승해 본다 상전벽해가 아닌 벽해상전이 되었으니 고향은 없다 칠월칠석이 지나고 달의 아랫배는 부풀어 올랐고 달은 바다에 손짓을 하고 있다 바다는 달의 부름에 선창의 목을 조르며 달에 안기려한다 수평선의 표면장력이 허물어진다 선창 위로 걸음을 내딛는 바다의 소슬함에 가슴앓이는 이음새 없는 신음을 앓는다 한여름 선창에 누워 무수한 잔별을 쳐다보며 별님에게 물었다 나의 값어치는 얼마이며 장차 어디로 흘러가는 가를 미래의 호기심 보다는 생존에 대하여, 살아갈 날에 대한 막연한 청춘시절의 포비아는 아직도 여전하다 살아야 할 이유와 살아내야 할 원천에 대한 불안은 카프카적 변신으로 증폭중이다 자결의 찰나에서 해답을 찾아준 생의 모순과 돈오돈수, 미확정성과 불확실성의 공포와 전율은 삶의 원동력이나 불안을 먹이로 하는 문명, 트라우마를 끼니로 하는 콤플렉스, 아직도 삶에 대한 공포의 여진은 계속되고 있으니 소풍 끝나는 날에나 끝날까 그냥 심장의 박동에 맡기면 될 것을 그냥 허파의 들숨 날숨에 맡기면 될 것을

코로나19의 간격

긴밀하여 무너진다 성긴 돌담이 무너지지 않는 것은 돌과 돌 사이 바람구멍이 있어서다 악보의 쉼표도 연주이듯이 간격의 틈은 단단한 메움이고 세움이다 사랑은 간격이 없다 압력추 없는 밀폐의 오류, 압축 되어가는 감정의 잔여물 석별의 전초가 아니던가 사랑보다 긴 우정은 편집되지 않는 간격으로 서로간의 적당한 거리 때문이다 코로나19의 이격거리는 가까우면 죽고 멀어지면 산다 뭉치면 죽고 흩어지면 사는 생존을 위한 울혈로의 신음, 사회적 거리두기다 어차피 흩날릴 봄날의 낙화인 것을 이격거리 없는 죽음의 간격으로 절명을 불사한다면 이별 아닌 것이 없는 저물어 갈 나날에 한번쯤 횃불 타오르는 사랑도 찰진 사랑일게다

계절의 레퀴엠

언덕은 여름의 열기로
푸른 하늘을 다림질하고 옷을 여민다

칠석이 지나
입추가 창문을 열면
귀향은 키 낮은 나뭇잎 사이에
풀벌레 노래로 다가 온다

경사진 밭고랑에 찍히는 발자국마다
희뿌연 음표 피어나고
언덕을 몰고 집으로 가는 촌노의 발치에
아이의 웃음소리 묻어난다

밥 짓는 누이의 뒷모습에
풍성한 산등성이 보이고
암소 잔등에 저녁이 피어올라
저녁상에 불러 모으는
어머니의 애잔한 메아리 들려온다

뜨락에 노니는 낙엽의 황홀한 조락
만삭의 아람을 미련 없이 대지에 안겨주고
가을은 겨울을 위해 옷을 벗는다

느림의 미학으로

계절의 풍경은 정갈한 눈망울 속에
검붉은 우수를 낳고
세월이 주는 만감의 갈채는
유폐된 기억의 수첩을 꺼낸다

대지에 안거하지 못하고
바람에 떠밀리는 경박한 분진마냥
두리번거리고 있는 이방인은 남루하다

긴 여정을 인내한 시간의 정령들은
귀환을 꿈꾸는데
습기 찬 삶의 궤적은 시간을 떠밀고
주술처럼 황급히 길을 재촉한다

눈부시게 수집한
긍휼의 걸음 만연히 맑히우며
다시 돌아오지 못할
미망의 샛강으로 떠날지라도
결코 서둘지 않는 파동들이
느림의 미학으로 마음 안에 띄워보내는
저녁강의 돛배

묵상黙想의 풍경風磬소리

해거름,
안식의 처소를 꿈꾸며
석양에 소롯이 채색된
세월의 낱장
깃을 내린 하루다

강물이 모래밭을 터벅터벅
걸어오다
만곡의 여울에서 긴 여정이란 쉼표로
잠시 다리를 풀었다

철새는 날아가고
한 때 무성했던 계절의 윤무輪舞도
긴 방죽길과 빈 들녘이 들려주는
무위로의 삽화,
묵상黙想의 풍경風磬소리에
허허롭다

기약없이
젖은 그리움 나부끼고
정갈한 허기 같은 적막만이
글썽인다

바람의 깊이

노을은 땅거미를 타고
창가에 출렁인다
교정은 침엽수 마른 잎 떨구며
바람을 데리고 온다
노을은 바람벽에 인주로 번져
그리움을 새기는데
소멸의 뜨락에 풍금소리
외로이 집을 짓는다

어제는 남동풍, 구름 조금
이슬 맞은 그대 지난 날 뒤적인다
떠나는 것은 그립다는 말의 변증법
천형天刑의 춤으로
빛바랜 사진첩 속의 바람을 맞는다

유년의 운동장에 백엽상 펄럭인다
바람은 풍향계의 화살 심장에 꽂고
내 생의 습기와
존재의 화두
허무의 깊이를 재는 것이다
초저녁 별빛 한 줄기
부토腐土에게 긴은 문기 있다

생의 편지 Ⅲ
– 너와 나의 위안을 위한

우리는 어느 먼 별에서 왔을까요 그리움이 짙고 짙으면 빅뱅이 되지요 사랑의 빅뱅을 거쳐 무량 광년의 시간여행을 하며 우주를 가로지르고 은하를 건너 지구별에 도착하였습니다 두 별의 만남은 우연이 아닌 필연으로 그 조우는 유난히 빛났습니다 우주의 모든 에너지와 모든 차원의 공간이 우리들을 위해 존재하고 있어 하늘이 시기하지 않을까 염려되기도 합니다 지금 창 밖 바람소리는 무엇을 그리워하는지 흐느끼고 있습니다 어느 비 오는 날에 누군가가 그리워 밤을 뒤척일 때면 숲속의 나뭇잎마냥 내리는 비에 몸을 맡기고 흠뻑 적시며 설움에 겨워 펑펑 울고 싶을 때가 있습니다 하지만 지난 날, 열정의 추억들은 새벽 여명에 어둠이 쫓기듯 점점 옅어져만 갑니다 질퍽거리는 생존의 바닥에서 자유는 오염이 되기도 하지요 한 때, 생존의 트라우마로 심장의 박동이 빨라지기도 하였던 때가 있었습니다 이제 심장의 박동소리는 잔잔한 음악으로 흐릅니다 가슴이 찢어져 아무리 아파도 어떤 누군가에게도 말하지 못하는 습성으로 인해 가슴속에는 항상 강물이 소용돌이 치고 있었습니다 하지만 이제 가슴속에는 수련화가 피고 원앙이 노니는 사랑의 강물만이 잔잔히 흐를 것입니다 인생길을 걸으면서 얼마나 먼 길을 돌아 돌아서 왔는지요 구비 구비 자갈길을 맨발로, 아득한 세월 뒤돌아보는 길마다 회한의 낙엽이 뒹굴고 있습니다 누군가가 되돌아가고 싶냐고 묻는다면 두 번 다시는 돌아가고 싶지 않은 인생길이었다고 대답하겠지요 아무도 찾지 않는 비바람 몰아치는 밤바다는 외롭습니다 거친 파도가 넘실거립니다 하지만 등대는 꿋꿋이 서서 밤바다를 비추고 있습니다 등대는 거친 파도를 불빛의 지휘봉으로 교향곡을 연주해 줍니다 등대 같은 이가 있어 잠들지 못하는 이의 머리맡에 자장가로 비추어 준다면 잠길은 순항의 꿈길일 것입니다 사위에 꽃들이 만발한 고결한 품격의 정원에서 새하얀 백보의 탁자위에는 청아한 레드와인이 석양에 물들어 연인들의 사랑처럼 점점 붉어져가고 님이 연주하는 사랑의 음률은 노을과 함께 흐러가고 정원의 과실은 애틋한 정으로 농익어 단물처럼 흘러내릴 그때가 멀지 않았습니다 인간은 고독한 존재입니다 내 곁에 수많은 사람이 있어도 고독합니다 사랑과 고독은 비례합니다 지금은 큰 행복을 찾으려는 인위의 노력보다 어쩌면 더 이상 불행하지 않으려는 에피쿠루스의 아타락시아*, 소박한 행복이 필요한 때입니다 외로움이 넘치고 고독이 밀물일 때 언제나 다가오는 소박한 사랑이 있어 손 내밀어 바로 잡을 수만 있다면, 하루의 일상을 소담하게 피워낼 수 있는 이와 늘 함께 할 수 있다면 한 평의 공간도 서럽지 않을 것입니다 힘들 때 멀리서라도 가까이 동행하고 있다는 사실을 실감할 수만 있다면 황홀한 밤이 아니어도 토닥일 수만 있다면 고독조차 아름다워지는 건 당신이 있기 때문입니다

---

* 아타락시아: 기쁨보다 고통 없는 평온이 행복이다라는 개념, 잡념에 사로잡히지 않고 동요가 없이 고요한 마음의 상태. 에피쿠로스의 철학에서 이것은 행복의 필 ✛ 그거이며 철학의 그그저인 무표이다.

침묵이 전하는 향기

우리는 언어의 난무와
온갖 미사여구를 동원해도
아옹다옹이다

나비 한 쌍 천리에 있어도
날갯짓 사위 한 자락에
치달아 오르는 설레임이다

꽃 한 쌍 백리에서 벙글어도
흔들림의 향기 한 가닥으로
휘휘 쓸어안는 전율이다

꽃과 나비
전신을 감은 향내음으로도
무량한 심장 끌어당긴다

고독처방

내 몸 항아리에 김장을 담근다 산다는 것은
나를 갉아 먹는 일, 구멍 숭숭 뚫려 성긴
배추잎사귀 상처는 아물지 않았다 내 고독의
처방전은 천일염에 푹 절군 온갖 수치와 수모의
잔상들 깨끗이 씻어 물기를 빼고 눈물로
버무린 카오스의 양념을 때 묻은 지폐,
구겨진 자국 같은 배춧잎에 골고루 펴 발랐다
수천 열도를 견뎌낸 빈 오지항아리 속에 상처
하나씩 차곡차곡 다져 넣고 울음소리가
밖으로 새지 않게 마개를 쳐 뚜껑을 닫았다
긴 겨울 캄캄한 땅속에 묻힌 김칫독 안에서
봉인된 상처가 눈물로 곰삭은 묵은지가 될
동안 나는 내안에 박힌 못 자국을 바라보았다

발자국

밟혀도 아프다는 한마디 말없이
감춰진 무던한 존재여
떠난다 해도 그렁한 눈망울을 감춘 채
언제나 동행으로
하냥, 내 곁을 지켜주는 이여

나의 문양, 나의 화신
설원 속에서 당신은 더욱 빛났지
그 빛남도 눈이 녹으면 함께 사라진다네

세상에 불멸은 없다네
神의 발자국, 별도 밤 한 때라네
찰나의 빛남과 만남을 위해
우리는 영원할 것처럼
온갖 허언과 객쩍은 욕탐을 한다네

인생,
눈 위에 찍힌 바람의 발자국이네
영욕榮辱도 춘몽인 것을
시침질한 비문碑文으로
반짝 짧은 햇발에도 사라지는
설익은 이슬이라네

일상에서

우리는 아침마다 만나는 사람과
마주본 공간에다 빈 웃음을 던진다

손가락은 붓을 쥐고
눈동자는 종이를 짓누르고 있지만
머릿속은 노마드를 향한 발아
가슴은 붉은 박동으로 덧칠한다

창밖에는 군중의 발걸음 무겁다
유리창에 군중의 소리들 이슬로 맺히고
색 바랜 외침 질겅 씹힌다

오늘도 나는 가면을 쓰고
갈 길 잃은 사유의 창틀을 메고
층계를 오르락내리락 한다
텅 빈 웃음을 머금고

구수한 밤(夜)

마당에 달빛 별빛 신화가 구르고
빛바랜 고해의 편지를 들고
향수鄕愁를 마주한
평상 위의 소연한 희열

혼곤한 적요 속 두근거리는 가슴
이제 줄 것은 오직 하나
순정한 눈길의 언화言花
할 얘기가 많아 깨 쏟아지는 밤의
그렁한 충만감

개구리 우는 밤
돌멩이 하나 투척
던짐에서 오는 침묵
침묵을 듣는 숭고함
악보 위의 쉼표
무음이 연주하는 장엄함
홀가분한 헐거움

오독 오독 씹어도 좋은
까만 밤은 구수하다

한 잎의 의미

태풍이 지나간 자리 고요한 아침이 사뿐히 내려앉았습니다
바람에 날리는 가랑잎 한 잎 온 공간을 가득 채우고 날아갑
니다 비록 자그만 나뭇잎 한 잎 이지만 사선을 그으며 허공
을 가로질러 존재를 드러냅니다 그리하여 공간을 가득 채웁
니다 우리네 인생도 마찬가지 수많은 무리들이 내 곁에 있어
도 내 맘은 무듬듬히 미동치 않습니다 그러나 단 한사람에
의해 내 맘에 태풍이 불어 비가 몰아치고 회오리바람이 불어
닥칠 때가 있습니다 비록 깃털 같은 한 잎 낙엽의 비행이지
만 그냥 떨어지는 게 아닌 허공을 활공하며 잠든 공간을 일
깨우고 자기 영역을 확장 증폭시키는 한 잎의 나뭇잎, 위대
한 존재지요 어차피 태어나 우리들이 살아 내야할 광활한 인
생의 바다, 생의 항해에서 거대한 파도를 헤쳐 나가며 한 장
의 파도를 넘어 또 다음 장의 파도를 맞이해야 하는 고난의
연속이 우리들 삶입니다 그러나 고난만이 아닌 파도타기란
빛과 그림자 사이처럼 흥취와 도전, 보람과 행복도 함께 하
는 것이라 살아가는 이유가 되기도 하지요 허공을 활공하며
공간을 생성시키는 창조적이고 존재적인 나뭇잎이 되고 싶
습니다 비 오는 날에는 발효된 소통으로 관계의 성숙을 이루
고 말간 날에는 윤기 흐르는 나뭇잎으로 햇살 한 바가지 가
득 마시렵니다

2부

_____

은일隱逸의 기도

석양을 게양하다

박명의 시간이
노을의 옷깃을 부여잡고
하루의 빗장을 거는 시간

방랑과 범람,
일탈의 여정
샛강은 노독을 풀고자
하얀 속살의 모래톱을 베고 누웠다

짝 잃은 해오라기
펄의 둔턱에 앉아
피안의 밤을 다독이지만
우울한 노숙이다

말갛던 하루가
성찰의 기슭에
석양을 게양하고 있다

은일隱逸의 기도

꽃비 내리는 추락秋落의 밤
비감悲感을 맑히우는 낙화에
달빛의 눈길은 숭고하다

소슬히 불어오는 삼경의 가을바람
한때 울창했던 정념들 쏟아진다
이제는 바람이 지나는 들창가에 앉아
시월상달 기도하기 좋은 시절

한 줄기 달빛만으로 족함에
욕진의 층계를 내려와
은일隱逸의 기도로
종루에 앉아
잔별의 조곡調曲을 듣나니

꽃가지에 이는 바람의 언어로
내 너를 안고 둘만의 안식을 위해
기도하리라

그림자, 일몰日沒 속으로

해거름 녘
하루를 달구었던 태양은
붉은 장막을 내리고
별리의 설움 안은 강 마루턱에 앉아
물 속 유영하는 그림자를 보노라

박명 속으로 침잠하는 산 그림자
묵시록 같은 예언으로 너와 나의
경계를 묻는다

일몰日沒은 분주했던
상인의 북소리, 손수레 가위 소리
시장 아낙네들의 멍울까지
모두 거두어 가고

생존의 잡동사니들로 울부짖는
내 심중의 울음,
인생 후막의 변주곡을 사념해보는 일몰의 시간
남루한 가슴을 훔치며 아늑한 그림자에 젖어 흐른다

어둠의 역설

어둠을 요리한다 갈등의 잔여물 혈관을 흘러 노을로 물들고
백주 일상에 붐볐던 사위의 물상들 호젓이 누워 천상의 꿈을
꾼다 음악은 흘러 틈을 갈라놓고 그 틈새 점점 광활해져 칠
흑 깊숙이 스며든 선율, 백화의 향기로 피어나고 천상의 소
리 희락의 화음, 아다지오로 흐른다 덜컹 문이 열린다 열린
문틈으로 빛이 몰아친다 어둠의 심장 빛의 부리에 쪼여 가슴
에 담긴 꿈들 바닥에 떨어지고 선혈은 낭자하다 기쁨의 화음
허공으로 사라지고 천상의 소리 이제 들을 수 없으니 차라리
무명으로 존재하였으랴

산다는 것은 아픔으로 담금질하는 일이여서
세월의 독에 추억의 장을 담그며
가끔은 어둠에 묻혀 가슴 적셔볼 일이다

새벽, 글썽이다

창밖, 미명이 다가오고 있습니다 여정旅程의 기적소리와 박빙의 고요를 찌르는 새소리 하루가 시작되는 생동의 죽지에 깃들어 새벽은 글썽입니다 하루의 삶을 경박스럽지 않은 담백함으로 굴좌屈佐하며 간절함의 기도를 올려봅니다 출발의 기대와 첫개봉의 영화관에 막 들어서는 듯한 설레임 가슴이 쿵쾅거리는 심장의 고동소리가 장엄한 탄성으로 증폭되고 있습니다 어제는 오늘의 역사이고 오늘은 내일의 역사입니다 우리들은 매일 매일을 내 생에 영원히 기록될 역사로 살아가고 있습니다 과거는 언제나의 아픔이고 미래는 항존하는 두려움입니다 과거와 미래는 현재에 귀속되는 시간의 언어입니다 아직 귀항하지 않은 미래를 위해 현재의 삶을 담보할 필요는 없습니다 위험의 부재를 위한 건전한 불안이 필요할 뿐입니다 아, 새벽 아침을 여는 여백 어둠을 감내한 아늑한 가슴언저리입니다 또 하루가 시작되는 출발선에 서서 예정된 순항의 하루를 시작하기도 하지만 예기치 않은 난항, 변증變症의 하루 습윤의 진흙길을 걸을 수도 있습니다 염려할 것 없습니다 이것 또한 내 하루치의 운명이니 그러려니하고 풍류의 냇가에 발을 담구면 될 것입니다 대하소설의 첫 페이지 책갈피의 하루가 시작되었습니다 인류역사의 한 페이지 꽃갈피의 하루가 시작되었습니다

얼음꽃

폭포 한 모퉁이 헐벗은 나목 한그루
바람에 휘날리는 물보라 백의 입고서
얼음꽃 피웠네

허공에 흩날려 방황하는 물보라를 안고
물의 형상을 벼랑 끝의 절대고독으로
동결시켜버린 나목의 고결한 정신
화선花仙 되어 뿜어낸다

성장판이 점점 닫혀갈 무렵
삶에 대한 회의와 의문은 증폭했고
황량한 벌판의 가시덤불 헤치며
꿈꾸었던 향기로 달려간 반생
아직도 미생의 바람은
된바람이나 갈바람으로 귀향하고 있다

이도저도 아닐 바에야
이것도 저것도 이루지 못할 바에야
차라리 수직절벽의 심정으로
결빙의 정신에 빛나는 얼음꽃이나 될 걸

눈동자, 거리의 분실을 읽다

낙엽과 폐지는 축하 비행을 한다
시간은 심심치 않은 간격을 그었다
바람의 손짓으로 버스가 멈춰서고
배낭을 내려놓고, 다시 먼 길을 떠나는 버스
그림자가 길게 자라는 퇴근 무렵,
얼굴에는 전세딱지로 화장을 하고
목에는 비어홀 숙식제공
허리에는 배달원 모집
가슴에는 파출부 구함 이름표를 달고
구직의 샅바를 잡아당긴다

실종된 아이를 찾는 광고지의 압핀은
도깨비풀씨 같은 숙제를 내민다
압류 경고문이 나를 압류하면
무인가판대의 동전 몇 닢
분실한 세상의 눈동자 읽는다
청소원 합격자 게시문에 마른목을 축인다
아이 몇몇 회전목마를 타고
구름 속을 질주한다

낙엽과 폐지는 다시 바람을 타고
귀가를 서두른다
우수수 값싼 인력시장 마다
누리꾼 몰려든다 텅 빈
'하늘 게시판'에 평등과 분배라는
댓글 두 줄을 비망록처럼 남긴다

비의 정념情念

계절의 변환을 알리는
고적한 빗줄기 리듬에
하루가 정갈하다

님의 세레나데
허기진 애정을 채우는 능금과육
애련愛戀의 갈함에 쏟아 붓는
밀어의 방류

설익은 여백 같은
허허로운 예감을 안고
고립무원의 빈들에서
비감悲感을 호명하는 빗속을
질펀히 걷고 싶은 저녁나절

별리의 통지서를 어깨에 메고
우중雨中 속을 걸어오는
우체부 발걸음 소리
이슥한 추억의 행간을 다독인다

모든 생명을 위해

세상의 모든 생명은 누군가에게 기댄 포옹으로 공생하거나
누군가의 생명을 유린하고서 존재를 이어 나간다 지구촌의
모든 생존은 근원적 존재의 비극으로 태초의 슬픔을 동행하
고 태어났다 새벽에 막 배달된 한 잔의 우유를 마신다 아침
식탁에는 곡식과 계란 숱한 유기물들이 시선의 가장자리에
서 조찬을 위해 향유하는 숨이 살아 핀다 오늘을 위한 익명
의 생명들은 나를 위해 너를 위해 우리들의 입안에서 윤기
나는 생을 마감하고 있다 기도하리라 모든 생명들을 위해 다
하지 못한 그들의 시간과 소멸의 존재를 위해

콩나물의 노래

무명치마를 두른 며느리
시루 속에 죽비를 맞으며
잔치 뒤의 무성한 뒷말
똬리에 이고 깊은 우물을 건넌
어머니

집안의 잔치 때면
어머니는 아랫목 콩시루에
눈가의 이슬로 새싹을 틔우고
샛노란 소망을 밝히며
찬 어둠을 헹구었지

어두운 시루 속에 버티는 외발의 발레
서로를 의지하며 물의 뼈대 속
세상의 뭇소리 뿌리로 내리며
시루 속에 공명하는 정
아랫목에 둘러앉은 식구들의
소리 없는 합창 '어머니의 노래'
잔주름주름 마다 스며든다

사랑의 정반합正反合

학 한 마리 날아든다
하얀 요정
청정무구의 가슴 속
속세를 녹이고 있는
저, 투명한 이졸데*의 속내

한 치의 오염도 허용치 않는
수직절벽의 낙하에 이는 파문
트리스탄*의 화살
뻐꾸기 한 마리 날아와
학의 날개에 깃든다

극과 극은 통하는 법
이질과 이질은 동질이다
카오스적 창조
사랑은 아지랑이의 씨앗이다
영원한 것은 무위無爲다

* 이졸데, 트리스탄: 중세시대 고트프리트 폰 슈트라스부르크가 쓴 서사시 『트리스
탄과 이졸데』의 주인공/ 트리스탄은 남자주인공, 이졸데는 여자주인공. 수백 년 동
안 음악 미술 문학 분야 예술가에게 영감을 줌. 트리스탄과 이졸데의 사랑이 아름
다운 것은 그것이 고통이고 포기이기 때문이다. 그들의 사랑은 죽음으로 비로소
완선된다

밭고랑

밭고랑을 걷다보면
저쯤에서 다가오는 바람을 만난다
오뉴월 뙤약볕 숨통을 겨냥할 때
어디선가 불어오는 바람 훈훈하나
허허벌판 밭고랑에 불어오는
겨울철 삭풍은 스산하다

내 삶의 밭고랑에도
사시사철 바람 불어왔다
보릿대가 흔들리는 것은
바람 때문이 아니다
자신의 살을 한 줌 떠서
이랑과 이랑을 북돋우는
고랑의 중심에 흔들리는 것이다

밭고랑 사이로 바람은 불어오지만
고랑은 흔들리지 않는 법
뒤 돌아볼 틈 없는 생의 여로
누구나 막다른 골목에 서서
서글펐던 한 때,
세상은 복종을 강요하였지만
나의 정신은 흔들리지 않았다

겨울의 냉혹한 발길질로
늦봄 보리는 무성하게 익어간다
계절의 순환은 멈추지 않는 법
번성의 한 철은 어느 듯 가버렸다

더 이상 거둘 것 없는 텅 빈 들판에
바람을 맞으며 서 있는
무던한 존재여,
너는 결실의 뼈대
나의 밭고랑에는 지금도 바람이 분다

사랑은 냇물처럼

적막의 밤에
절해고도의 침묵
심련深戀의 강물로 흘러

F=ma로 달려오고 있는
철마에 실린 애심愛心의 중량
종착역은 그리움

무한 고독감에 더해진
무정無情은 부심腐心하고

모성애 같은 회귀선을 넘나들며
파동으로 전하는 칠흑의 운률

내 마음에 흐르는 덧난 사랑
꽃잎 되어 강물의 말씨로 흐르는

빗소리의 상념

넉넉한 비에 마음 적시고 싶을 때
빗줄기 음악처럼 내릴 때
사연 하나둘씩 떠올라
숨은 촉촉이 잦아져 가는데
결미結尾는 한숨뿐이다

빗소리가 전해 오는
성긴 시간 속에 찬비 후두둑,
빗소리는 사금파리 되고
비에 젖어 바람에 나부끼는 돈오돈수와 돈오점수*
시간이 주는 철듦의 선물, 가슴 후려친다

빗소리가 주는 상념은 언제나 그렇듯이
세월이 무한 유수하여도 너를 내려놓지 않는다
비 내리는 소리, 님이 오는 소리
내 너를 보고파 두 뺨 적시니 내 울음 처량타
갈애渴愛로 깊어가는 낙화의 소리 없는 울음
너가 다하지 못한 말
빗줄기는 내리면서 하염없이 전해온다

* 돈오돈수頓悟頓修, 돈오점수頓悟漸修: 불교의 入道 방법론. '돈오돈수'는 즉시
  깨달음이고, '돈오점수'는 치츰 깨달음을 말한다.

상모리 戀歌

바다가
윤색하는 길을 가다보면
속삭이듯 한 줄기 바람 덫을 놓고
은밀히 열리는 부활의 꽃이 머문다

길섶마다 가까이 해후할수록
촉수 끝에 내린 빛의 낟알들
꿈을 영그는 계절로 푸름이 범람하는

밤의 언저리
적요 속에 맴도는 緣과 戀
전별하듯 한줄기 회한
별빛 깃에 안겨 서러움 피어올라
사념의 꽃은 허기져가고

바람의 이삭들이
돌하루방 죽지에 깃든 애련愛戀으로
태초, 발길을 마중하는 상모리 화석

투명한 갈기
찰나의 시간들은 소중한 기억이어서
가슴 잇대어 서사의 시를 쓰는 향유이다

* 상모리는 세주 모슬포 인근지여으로서 인류발자국 화석이 발견된 곳이다

3부

소슬한 우리들의 자리로

파종播種으로부터

8월, 어느 한 여름날
손수 흙을 파서 꽃씨를 뿌렸다
파종의 때를 놓친 때늦은 씨앗이라
희망의 싹이 아닌
의심의 싹부터 터 자라기 시작했다

애정이란 거름을 가득 쏟았다
어떤 이는 녹아버리고
어떤 이는 겨우 견뎌내
비록 듬성듬성하지만
연록의 싹이 쫑 하고 올라와
꽃을 피웠다
하롱거리는 바이올렛
애완哀婉의 숭어리가 빚어낸 생명의 신비
그렁한 선물이었다

우리 사는 인생도
내가 뿌린 마음의 씨앗도 그래서
관심과 정성이 없다면 오롯한 아람이 없다
천하의 절경과 절색도 인연이 없다면
무색의 벽면을 쳐다보는 것일 게고

비록 범경과 범인일지라도 순연이라면
가을날의 소명한 단풍을 보는 것일 게다

애정의 결속으로 핀 인연을
곱씹어보는 시간의 언덕은 외롭지 않다

경사傾斜의 시간
왜 우리는 두려움과 슬픔으로
달아나는 시간을 채울까
머물지 않는 것이 순리다
오늘은 언제나 내일로 간다

미소와 키스로
우리의 별 아래서 동일함을 찾아야 하는
아르카노의 밤에.
물방울 두 개가 그렇듯이,
우리는 서로서로 다르지만
때로는 융합도 한다

서러운 낮달처럼
−나의 사랑 달맞이꽃

설익은 관능의 후렴으로
신음했던 봄날은 창백히 지고 있다
아직 입을 다물지 못한 달맞이 꽃잎
지난밤의 이야기를 다하지 못한 것일까
가고 지고 바람의 어깨처럼 흔들리며
잊혀져 가는 것이다

솔솔이 하얀 비단을 펼치는 안개비
먼 등대의 불빛처럼 가물거리는 애증愛憎
바이올렛의 연인은 저녁노을의 저편으로 기울었다

먼 생을 신기루처럼 볼 수 있어
안개를 사랑했고
처마에 빗발 긋는 소리가 좋았다
해질녘 어스름 땅거미와
빈들의 보리이삭 타는 연기
첫사랑의 키스처럼
구수한 풍경과 내음을 사랑했다

사랑하던 내 취향의 것들이
폭이 좁아지고 추억의 탑조차 신음할 때,
하심에 젖어 엎드려 살아도 좋다
지난밤을 연모하는 서러운 낮달처럼,
낮에 핀 달맞이꽃처럼

설날, 유년의 그 날에

자정을 넘겼으니 오늘이 설날인가
눈은 말똥말똥,
이불속 가슴 조리던 그 날은
이순의 바다에 소슬히 표류하고
귀가를 분실한 실향失鄕의 유랑객이 되었다

유년의 설날 전야
어머니 부엌에서 달그락달그락,
분주한 소리
아늑한 기억의 소환이다

눈망울에는
옛날 옛집 가난했지만
화평했던 숭어리 살아있어
가뭇없이 글썽인다

아, 콩닥콩닥
설빔,
어머니와 함께 여미던 설날은
오붓한 귀향으로 채색되고 있다

그 사람

아무런 생각 없이
아무 일 없이
빈둥거리며 걷거나
멍하니 서 있는 것만으로도
내가 소중한 존재가 되는
그 골목길
천국

아무런 부끄럼 없이
아무런 생각 없이
편히 빈둥거려도
곁에 있는 것만으로도
내가 소중한 존재가 되는
그 사람
천국

소슬한 우리들의 자리로

시간의 출발점으로부터
잠류하는 당연의 율무律舞
기억의 늪 속
심안으로 뿌리내려야 할 노마드다

청춘,
미망迷妄과 자의식의 고뇌는
방랑과 낭만으로 교차되는
몸부림이다

아가의 천사미소
생수 같은 音의 활기
맥박을 키우는 푸르름의 나무
밤마다 채근하는 은하의 별무리
이 총총한 그림만으로도 윤택하지 않은가

질타의 소리는
묵정밭의 남루한 허수아비
거르지 못한 영색佞色한 찬사들로
정결한 언어들이 무색해지는 것

중심에서 벗어난 초로의 빈자리
우리들에게 어울리는 옷을 입고
여백이 주는 평온으로

가자,
소슬한 우리들의 자리로

추회의 잔치

질퍽거리는
계절의 길모퉁이

슬픈 곡선으로 휘어진
폐허의 고요

젖은 어깨를 짓눌리고 있는
나태한 슬픔

망각의 여백 위에 스며드는
누수의 상흔

그대로 인해
윤슬로 빛나고 있는
지난 기억의 모든 것들
추회의 잔치

그루터기

주름진 나이테에
부끄러운 나의 자화상이 걸터앉는다

우듬지를 하늘 끝까지 밀어올리고
몸 부비든 저력은
이 세상 다녀간 장렬한 흔적의
밑동으로 주저앉아서

아래로만 고개 숙여 걷는 이에게
넉넉한 품으로 서걱거리게 하는 자리
그대, 늠연한 삽화 그루터기

날마다 태양이라면

날마다 태양이라면
대지는 사막이다
비의 리듬에 젖어
휴면에 든 초원의 호흡은 청량하다

생동의 입질이 출렁이는 바다에
가끔은 측은으로 만선이 되어도 좋다

정곡을 찌르는 말의 화살
뙤약볕에 내리는 소낙비다
맨발로 흠뻑 적셔라

상처가 굳으면 흔적이 남는다
단단한 흔적은 아름다운 무늬
상처가 없는 인생은 그늘 없는 백사장
오아시스 없는 사막이다

너를 믿고 나를 믿고

인생이 종잡을 수 없이
허무로 채색되더라도

너를 믿고 나를 믿고

나의 어깨에 너의 어깨에
서로의 어깨에 기대어 토닥여 준다면

인생이 끝없이 저주스럽고
불경스럽더라도

나를 믿고 너를 믿고

너의 가슴에 나의 가슴에
서로의 가슴에 안겨 포근히 품어준다면

우울이 날뛰더라도
허무가 춤추더라도

슬픔의 강물도
기쁨에 겨워 내 어이 건너지 않으리오

무대

이슬에 젖은 보슬한 빛발 내린다
여명은 어둠의 장막을 걷어내고
하루를 연극할 무대를 준비한다

구름은 백의의 옷자락을 날리며
산맥을 질주하고
노을을 담은 강물은
물새의 노래를 듣기 위해
뱀의 허리로 꿈틀거린다
바람은 나무채를 잡고 대지를 두들겨
들판은 춤을 춘다

인간의 일상은 무언극의 무대
A4 종이 위에는 검은 약속,
구속의 기호뿐
차라리 악보였다면
음악이라도 들을 것을
주고받는 얘기들과 정,
철새와 함께 날아 가버렸다
고장 난 신호등의 점멸처럼
인생은 점멸하고 있다

소낙비

퇴락한 장미의 슬픈 눈빛이
갈 곳을 몰라
허공을 맴돌 때
그대 청신한 눈물
장미의 입술을 적신다

허욕의 혈류들이
안식의 거류지를 찾아
맴돌이 할 때
그대 장천의 폭죽
무료한 권태를 다독인다

먹구름 산화한 분신이여
나도 그대처럼 공중분해 되어
타는 목마름으로
퇴색된 시간의 벽면
무지개로 채색하련다

애쓰지 말아요

잘 하려고 애쓰지 말아요
그동안 열심히 살았잖아요
그만하면 되었어요

태어나자 말자
울음부터 시작했잖아요

불행으로부터 벗어난 것만 해도
행복이에요

더 참담했던 일을 돌이켜봐요
지금 행복한 거예요

바람

부끄러워 얼굴을 숨기며
투명 가슴으로 풍경으로 다가온다
나뭇가지를 흔들고 내 뺨을 스치며
엉엉 울면서 뛰어 온다
존재를 알린다는 것,
눈물 없이는 볼 수 없는 것이다

가슴속 울음은 보이지 않는다
하지만 울고 있다
너를 위해 절절히 기도하는 것이다
바람처럼 소리 내어 울지 못하고
너를 흔들지 못하지만
속 깊이 멀미 이는 내 가슴속 바람은
너를 위해 엉엉 울고 있는 것이다

이 밤

생의 남루한 것들 뒤뜰에 두고
한 잔의 술에 습한 그대의 눈망울을
담고서 들이키고픈 밤

그대의 내밀한 언어가 사랑가로 들려오는
길목인 병목을 붙들고 기울어진 술병으로
쏟아지는 한 잔의 술을 기울이고픈 밤

밤하늘 성긴 별빛을 술병에 담아
흔들리는 외딴 별과 마주한 술잔에
사랑과 허무를 갈피갈피 나누고픈 밤

처진 어깨에 불거진 버거운 생의 멍울들
가파른 월광의 갈기 속에 던져버리고
정갈한 언어의 속살로 위로 받고픈 밤

햇귀*의 추적에 가뭇없이 사라질 밤이라지만
명일이면 어김없이 또 찾아오려니
내일은 또 다시 오는 영원한 오늘인 것을

이슥한 이 밤,
설익은 위로라도 좋다
우울의 빗장을 거둬라
내일이면 어김없이 새로운 달이 뜬다

* 햇귀: 해가 처음 솟을 때의 빛

윤슬

물의 가슴속
깊은 내면을 비추어
유영하는 또 하나의
시어詩魚

바닥에서
솟구친 물의 분기탱천
또 하나의 자아自我

저 너머 이상 세계로
파문波紋의 죽지 속 찬란한 몸짓
청아한 혼불이여

4부

소실점에서 추억하기

노탐

감성은 신기身氣가 넘쳐흐를 때
쉽게 돌아볼 여백이다
나이가 들수록 정렬은 김빠진 풍선처럼
쪼글쪼글해지고

늙어 갈수록 버텨낼
최소한의 이성이 그리운 것이라서
감성보다는 이해관계
초라한 이성이 앞서게 된다

예외는 있다지만
늙으면 더욱 더 냉혹해지고
아집과 탐욕을 가진다
노탐이라 한다

젊은 시절은 오순도순 의리가 이웃하나
늙어갈수록 의리는 가출이 잦아
늙음은 의리와 반비례하고 이해타산은 비례한다

노탐, 이해관계만이 절대적인 가치
늙으면 늙을수록 가면은 더 깊고 두껍다
슬픔이다

늙어 갈수록 친절하게
편한 호의로 쉬이 다가오지 않는
우리네 삶이다

소실점에서

인연의 종착역은 소실점이다

삶의 여정은 길항拮抗의 머나먼 길이나
건전한 평행선에서 출발한
담백한 소통은 소연昭然하다

사랑, 그 긴긴 길을 가다
막다른 골목길을 만난다
어느 긴 세월
시간의 종착점에서
별리의 슬픔만을 안고
소실점처럼 사라질
운명의 사랑

소실점은 무한의 원점이나
만남의 모든 것을 잃어버리는
분실점이기도 하다

세상의 모든 물상이나 정신은
나란한 평등으로 영원할 것이라 믿지만
무오류의 평행선은 존재하지 않는다
미세한 어긋 각으로
언센가 소실섬에서 만나 사라진다

사랑도 삶도
영원의 평등으로 가는 길이
과연 존재하는가

시원始原의 시공간時空間
태초 생명별의 기본입자로 귀향할
내 안식의 처소 둥지
봉분도 소실점인 것을

별은 빛나건만

계절이 혼재하는 둑방길
밤의 는개는 유폐되었던 시간의
알갱이를 데려와 바람의 이력을 읽는다
추억은 아슴하다

밤하늘 어딘가에
내 살아갈 만한 별 하나 있을까
저 흐르는 강 언덕 어딘가에
내 마음 늘어 말릴 곳 있을까

나의 별 하나 갖고 싶다
저 빈들에 뜬 외별 같은
허기진 정신의 고독
청신한 화인火印,
찬란한 징표를 하나 갖고 싶다

밤하늘에 수많은
별은 빛나건만
마음 기댈 별 하나 없다
우울한 노숙이다

지구별 위에
소행성 하나
외로이 걸어가고 있다

옛정, 적요한 밤에

창백한 바람이 낮은음자리로 가득 채운 밤의 창공, 얼레지 잔별들 손짓으로 반달이 저 만치서 걸어오고 사위는 짙은 어둠에 묻혀 으스스한데 갑자기 정이 그리워지며 까닭 없는 연민과 함께 몰려오는 적막감, 그동안 사람과 사람 사이에 쌓인 정이 너무 많아 나에게 각별했던 착한 정들은 어떤 정도 놓치기 싫고 지나간 것은 소소한 것조차도 정겹게 느껴지기도 하는데 강변 주촌의 그윽한 달밤에 높이 쌓인 볏가리의 고백은 때때로 밀애의 추억을 달구곤 했지 덜 익은 청매의 시절 문득 떠올라 응축된 그리움으로 시선은 젖어가고 흘러간 정에 거름을 주고 키워서 나누어 주고 싶기도 하고 그 밤의 빈들 그리워 이게 사람 사는 맛이고 멋인데 하면서 정을 생각게 하는 적요寂寥한 밤, 지난 시절의 옛정만 생각해도 실컷 먹고 살것네

새벽의 지휘자

여명은 교향악의 지휘자다
밤을 밀어낸 여명의 새벽
빛의 지휘봉은 거침없이 휘날려
숲속의 악사들을 깨운다
새소리 풀벌레소리 물소리
바람을 부르는 잎새들의 소리

허공은 허공이 아니다
붐비는 아침으로의 조짐
에오스의 새벽,
봉인된 묵언은 발화된다

성긴 눈발

머나먼 성층권에서 출발한 긴 여로다
세찬 바람은 저만치서 양떼 같은
눈발 몰아오고
몇몇 듬성한 눈발의 윤무輪舞
휘청거리며 나뭇잎의 품에 안기지만
어느 가슴에도 다다르지 못한 눈발은
혼곤히 난무한다

바람의 심술은 풍경을 흔들어 대고
간간히 비치는 햇발에 언 몸을 달래며
이리저리 떠밀리어 귀향歸鄕하려 애쓰지만
성긴 눈발은 아무런 족적을 남기지 못한다

우듬지에 다다라 꽃핀 듯하나
곧 대지로 사라져 갈 운명의 화신이여,
한줌의 흙으로 돌아갈 너와 나의 운명이니
잠시 세상의 풍경이나 되어 주면 족할 뿐이다

촉촉이 오시라

오늘도
밤이 오고 바람 불더라
혼야昏夜일수록 별은 빛나고
풍려風厲할수록 뿌리는 깊다
엄동을 지낸 봄은 달다

비바람에 산연히 글썽이는 풀잎이여!
계절의 변환은 너의 잎과 뿌리를
다옥하게 깊이 내릴 것이다

척박속의 늠연한 정신이여!
시간은 너의 품속에
소연한 금강석을 안겨다 줄 것이다

슬픔이여! 눈물이여!
흥건히 오시라, 촉촉이 오시라
너희들은 천일야화
해쓱한 삶을 윤택하게 하는 밑거름이여
환영하노라

까치밥

새 한 마리 활공할 뿐인데
허공을 꽉 채운다
한 때 찬란했던 황금의를 벗어버리고
도란도란 앞 뒤 이웃한 은행나무 두 그루에
키 큰 소나무 한 그루
친구들 햇살 쬐는 겨울풍경 속에

구름 한 점 없는 창공을
속절없이 찌르고 있는 앙상한 가지마다
주홍별 총총히 열렸다

벤치에 앉아 지난 계절을 헤아리는데
오가는 객들의 지껄이는 소리
'입을 아무리 크게 벌려도 떨어지지 않네'
듣고 있던 스님의 진중한 말
'흔들어야 떨어지지'

나의 독백
'입도 벌리지 말고
흔들지도 말거라'

'까치밥이다'

낙엽은

색 바래기전 미리
내려앉을 때가 이쁘다

모퉁이 한 켠, 외롭지만
제자리 머무를 때가 이쁘다

실바람 다가올 때
살랑 흔들어 대는 추임새가 이쁘다

잎새 사이로 햇살이 내미는 손길에
살풋한 미소를 보낼 때 이쁘다

비의 눈물과 강물의 하소연을
곁의 지기로 들어줄 때 이쁘다

길 가 한 모퉁이의 바람과 햇살
친구할 때 홍엽은 더욱 붉다

돌(石), 속에는

둥근 돌, 선물
가만히 들여다보니
돌 속에 부처가 살고 있다

바람이 목탁을 치고
빗물이 두들겨
모는 닳고 닳아 둥글음 속에
구름이 가부좌를 틀고 앉았다

돌의 묵시록
활화活火 했던 별들의 언어로 쓴
소행성의 여행기
석책石冊 한권의 선물,
글썽인다

동백, 그 붉은 입술

동백의 붉은 입술
팽팽했던 풋정의 입맞춤
떠나가는 계절
별리의 설움 겹다

누리마루 풍만한 자태
순정은 물결로 설레이고
달빛 타고 흐르는
파도의 선율
숲의 향기와 화음을 이루고
밤바람마저 숨죽이며
음율에 혼절한다

솔잎 사이로 초승달조차 숨어
새악시 마냥 살짝 엿들으니
이 순간 내 한 치의 욕심
물안개 속으로 사라져 가는
애달픈 뱃고동이어라

먼 별

세속적 권력이 없어
탈속적으로 산다

아침에는 새소리
저녁에는 풀벌레소리

봄에는 아지랑이
겨울에는 눈송이

자연은 무구애의 탈속도원脫俗桃園

나는 별이다

고향을 그리워하듯
밤마다 별을 올려다본다
머나먼 노스탤지어
별품에 안긴다
별 그림자를 안고 잔다

나는 별이다, 머언~ 먼

용서

어느 유명인사가 장례식장에서
관 위에 놓여있는 조그만 십자가를
훔친 적이 있다고 고백했다

그는 그 십자가를 목에 걸고
용서의 십자가로
세상을 용서하기로 맹세했다

나도 용서의 목걸이
하나 걸어야겠다

상처를 준 일상의 인간들
'오늘도 용서하자'라고 기도했다

목에 건 십자가를 매일 쳐다보면서
일상에서 받았던 상처들
훌훌 털어버릴 수 있었다

가슴 깊숙한 곳의 상처
'그게 뭐라고
사랑으로 모두 용서해 버리자'

저물녘, 강변에서

촉촉이 젖은 강변의 저녁나절
햇살 푸짐한 날도 좋으나
겨울비 내린 섬서한
잿빛 하늘의 저녁도 못잖게 좋다

멀리서 매향 들려온다
입춘의 화살에 꽃망울 터져
관능의 향연 흐른다
지묘한 꽃향의 세레나데
봄을 손짓한다

먹구름 저녁노을 혼재하는
비 그친 해거름
청춘은 유장의 강물처럼 흘러갔다
어둠도 품에 보듬는 초로初老
늙어감이 아닌 우아한 숙성
향그런 황혼으로 익어가는 것이다

물기 머금은 겨울 훈풍 정겹다
미풍에 잔물결 일고
살랑살랑 엉덩이 흔들며
백조 한 쌍 탱고 추는 저녁

삶의 아타락시아는 초로다
고결한 정신과 품격
느린 발걸음으로 흥건히
춤추는 저녁이다

삶의 법칙

성공과 시기는 친구다
참하게 잘해도
흠하는 사람이 있게 마련이고
착한 성공에도
시기가 있게 마련인 게
세상인심

응당 수용해야 할 음해니
그러려니 하면 평온하지 않던가

실패와 성공은
단독으로 존재하지 않는 법
둘 다 함께 받아들일 때
비로소 완승이다

슬픔도 기쁨도 혼자가 아니다
늘 어깨동무하고 간다
영원하리라는 사랑도
이별동반 아니던가

슬픈 일엔 너도 나도 남도 위로하나
기쁜 일엔 동기간도 불편한 마음
성공한 일엔 부부, 부모만이 행복한 마음

불비타인不比他人*은 신의 경지 아니던가

* 불비타인不比他人: 남과 나를 비교하지 않음

5부
_____

해원海園을 향한 그리움

바다, 생동을 게양하다

원양의 항해는 절대 고독의 외로운 순례길
사방은 폭풍을 품은 먹구름과 춤추는 너울뿐이다
어디서 날아왔는가
갑판의 난간에 안착을 시도하는 바닷새
궁극의 자유라도 획득하려는 모순
날개의 자유를 포기한 절대 고독으로의 피안

선체의 부위마다 파도가 안겨준 흰 생채기
소금은 목마름의 상징물이나
격랑과의 응전으로 탄생된 순백의 생명체
선수 난간에 뽀얗게 웅크리고 앉았다

멀리 보이는 아슴한 섬의 행렬 북태평양 알류샨열도
열도는 밤의 잠에서 깨어나
새벽을 열며 활기찬 생동의 행군을 시작한다

청춘남녀의 만남에 사랑이 동반되듯
한랭전선과 온난전선의 만남에는 저기압이 동반된다
사랑은 이별을 데려오듯 저기압이 밀려오면 피항은 필수다

격랑의 산맥을 타고 오는 열대성저기압의 거침없는 질주
굶주린 하이에나처럼 집요하게 물고 흔들어 댄다
흐트러진 수평선을 팽팽히 감았다 풀어주는 조타륜
황천항해는 승자도 패자도 없는
폭풍과의 한 몸 되기, 격정의 애무 같은 것이다

고뇌를 통한 환희,
새벽이 어둠의 커튼을 걷으면 밤새 열애로 달궈진 햇귀가
새색시마냥 상기된 얼굴 수평선에 빠끔히 내밀고
붉은 부끄러움이 온바다를 물들인다

퍼덕이는 물비늘, 소연한 윤슬, 생물과 무생물,
서로의 부대낌 속에 경계를 허무는 교집합
바다, 생동을 계양하는 관능이다

생존의 항거를 읽다

눈보라와 함께 폭풍이 몰아친다
파도는 서슬 푸르게 칼날을 세우며 덤벼들고 있다
선회창에 비쳐진 선수루 저 멀리 암회색 하늘
떼거리로 날아오는 날벌레 같은 눈보라
가미카제로 수직비행하며 선창에 자폭한다
창가에는 소금의 백색 혈흔들로 선연하다

폭풍은 숙련의 뱃사람에게도 비릿한 울렁거림
울증을 몰아오는 육혼의 혈을 빼는 항해의 거머리
악천후의 갯내음은 비음으로 소리를 내며
정신의 부재로 타들어오고 있다

눈보라의 군무로 한치 앞도 보이지 않는 전방
사방은 감옥 같이 암회색으로 조여오고 있다
브릿지 선내는 파도소리, 바람소리, 선회창의 회전소리
무전기 공용채널에 들려오는 각국 이방인들의 음성
주저리주저리 소리의 마디들로 혼재하다
폭풍이 몰아오는 소리와 시간의 절명들,
자욱한 담배연기와 뒤섞여
또 다른 혼미한 재즈의 음계로 피어오른다

거센 바람을 안고 끼욱끼욱 울부짖으며
선수부의 난간에 착지를 시도하는 갈매기,
애잔한 질식으로 다가오는 생존의 항거를 읽는다

아버지의 바다
−잃어버린 배

(60년대의 어촌은 동력선과 풍선배가 공존하고 해양경찰이 상주하는 어선 통제소가 없어 입출항은 자유로웠다 태풍과 폭풍의 일기예보도 부실하여 자유로운 입출항은 먼 바다에 나간 어부들의 실종을 야기하고 돌연히 과부가 된 아낙네들, 앞집 옆집 한날한시에 제사를 올리는 집이 많았다 배를 훔쳐 일본과의 밀수도 성행하였던 척박한 시대였다)

1
작은 선창과 큰 선창 사이로 갈피가 춤추던 내 유년의 바다,
하얀 모래펄에는 조개들과 콩게들이 숨바꼭질하던 바다,
아버지의 바다였다
이제 그 바다는 매립되어 세상과의 별리를 고했다
바다와 파도는 생매장되고 컨테이너 봉분들이 즐비하다

폭풍은 출항의 목줄을 풀어주지 않는다
폭풍이 부는 날에도 선창가로 마실 나가시는 아버지,
바다를 한 번이라도 부둥켜안고 와야 직성이 풀리시는 아버지,
하루를 바다로 시작하는 진정한 뱃사람이다

2

이슥한 새벽,
출어를 위해 나선 아버지가 갑자기 집으로 돌아왔다
아직도 그날의 장면은 나의 뇌리에 각인되어 선연하다

방에 들어와 앉지도 않은 채 벽장에 기댄 아버지의 안색은
창백하였고 넋이 나간 듯했다
열 살 안팎의 나의 눈은 비감의 기류에 혼곤해졌다
아버지의 담배 연기는 폐부 깊숙한 곳에서 뿜어져 나오는
한숨과 함께 무겁고 짙었다
또 한 번의 내뱉는 한숨은 집이 내려앉을 만큼,
가늠할 수 없는 비감의 중량이었다

한숨 소리에 선잠을 깬 어머니는 놀라 사연을 묻는다
"여보, 무슨 일인교?"
"배가 없어졌다"
아버지의 말에 어머니는 열렸던 말문을 닫아 버리고
무언으로 침잠했다

아버지의 시선은 소곤이 잠든 젖먹이 딸의 얼굴로 옮겨갔다
배는 뱃사람에게 생명줄이다
밥줄이 끊겼으니 어린 새끼들을 어찌할거나
아버지의 시선에는 깊은 울음이 배었다

3
이날부터 잃어버린 배를 찾기 위한 지난한 과정의 행보,
한 가정의 가슴 아린 고난의 대장정이 시작되었다
여린 아녀자의 발걸음은 애가 탔고
색 바랜 낙엽처럼 흐느적거렸다

대변 일광 서생을 그치는 동해안의 포구를 샅샅이 뒤지는
궁휼의 걸음에 오장육부는 까만 숯이 되었다
아버지의 발걸음은 안골 웅동 가덕을 거쳐 거제 해안까지
숱한 나날, 곳곳의 포구를 헤집었다

가장의 짐은 돌지게 같아 무거운 걸음은 점점 쇠락해 갔다
잃어버린 배는 상실의 시대다
사십 대 가장의 활화의 삶과
삼십 대 아내의 살뜰한 시절은 유실되었다

분실의 실의에 삶의 의지는 소진되고 가사는 탕진이다
고리대금의 부채만큼 늘어가는 황망한 슬픔

4
아직 물때가 묻지 않아 마음 말랑한 아내와,
올망똘망 눈망울의 자식들,
식솔을 거느린 아버지의 상실은 태양의 몰락이다

지옥의 수용소에도 살아가는 이유가 있다
해 질 녘 하늘의 주홍빛 노을이다
어린 자식의 순연한 눈망울은 살아가는 이유가 되는
그렇한 보석이고 바지랑대다

아버지를 다시 오롯이 일으켜 세운 아기사슴 눈망울,
선창가 백사장에는 복인2호를 모으는*
대패 소리와 못질의 분주한 소리,
새 출발의 서막을 알리는 협주곡이 되어
소롯한 희망의 숭어리가 다시 피어올랐다

5
복인1호의 행방은 요원한 수수께끼로 남았다
한 가정사를 뒤흔든 고난의 역사
다시 살아 내야 할 이유를 던져준 편린,
가족의 의미를 되새기게 한 우울이다

아버지의 잃어버린 바다는 내 유년의 가슴앓이,
삭날의 송곳이 되어 철없던 내 속을 찔러 대었다
평생을 뱃사람으로 사셨던 아버지의 바다는
나를 길러낸 바다

이성의 냉기에 침잠된 유폐의 나이가 된 지금,
수많은 생의 격랑을 헤쳐 나온 아버지의 바다는
무엇과도 치환되지 않는 고매한 정신의 바다다

한 평범한 사람의 생애라지만 축약할 수 없는
수많은 사건이 누구나의 삶 속에도 벌어질 수 있음은
경이로움이다
아버지의 바다는 내 허기진 감성의 바다를 깨워 더욱 그렇하다

* 모으는: (선박을) 건조하는, 주로 작은 선박을 만들 때 '건조한다' 말 대신에 '모은
  다'라고 한다. 뱃사람들이나 해안지역에서 사용하는 말.

묘박, 머물고 싶은

앙상한 잿빛 가지를 들고
윙윙대며 바다를 매질하는 삭풍의 계절

파도는 갯바위를 흠모하며 기어오르고
조약돌 구르는 소리와 갯내음이 서로가 풍경되어
달아오르는 주홍빛 여명,
수평선이 검붉은 석류를 삼키고
어둠은 깨어나 노을의 붉은 젖꼭지를 물고 징징댄다

멀리 묘박에 든 정박선의 우수어린 불빛과
그리움을 채집하는 집어등은 하나둘씩 켜지고
풀리지 않는 고독의 타래, 비망非望의 갈애를 안고
휑한 바람 한줄기 공허한 가슴을 훑고 지난다

다하지 못한 것들로 글썽이는 고백의 연민
추억은 색이 바래져 파도와 함께 철벅이는 심연의 카오스

푸른 민낯에 젖어 내리는 누선의 방울들
갈매기 울음 같이 가냘피 흩날리고
묘박은 고혹한 정념의 눈동자와 머물고 싶어한다
성소의 바다에서 동침의 꿈으로
사랑보다 깊은 상처는 심해의 깊이만큼 자맥질 중이다

* 묘박: 배가 닻을 내리고 머무름

마디와 옹이

휘어지지 않은 것이 없구나
밀려오는 파도조차 휘어진다
해안선도 돌아 휘어 바다를 포옹한다

날마다 해풍의 아침을 맞이하는
한 그루의 해송도 굽어져 염원하고
해암도 엎드려 기도한다

굴곡의 마디마디 마다
옹이는 가부좌를 틀고
내 인생 굽이굽이 휘어진 곳에
생의 아픔 옹이로 자란다
지나는 바람 눈물 훔쳐 위로하건만
해풍이 남겨주는 것은 소금뿐이다

바람도 세월도 마디가 있으니
세상 마디에 맺힌 옹이 없는 것이
어디 있겠냐마는 굽진 마디마디
옹이는 나무를 지탱하는 힘이고
내 휘어진 가슴 속 옹이는
나를 지탱하는 힘이다

바다 도서관

바람은 바다의 책장을 넘긴다
파도를 한 장씩 넘기면
조가비1p 뱃고동2p 갈매기3p…
태풍은 잠잠한 바다 속 앙금을 읽는다

너는 내 마음의 책장을 넘긴다
그리움을 한 장씩 넘기면
기다림1p 질투2p 보고픔3p…
사랑은 고요한 눈동자에 보석을 건다

생존

바람에 엎드려 낮게 핀
치자의 향은 날리고

수직 절벽의 한 귀퉁이에
바람의 소매를 부여잡고
온갖 풍상을 인내한 나리 한 송이
피고지고

폭풍이 지나가버린 하늘은
에메랄드빛으로 채색된 향연
우주는 공활한 화폭에 풍경화를 담고

하염없이 바위에 제 몸을 분화하고
대지를 연모하며 안기려는 파도

끝없는 수직 절벽을 기어올라
수평의 평원에 도달하려는 바람

하루하루 쉼 없는 거친 숨을 몰아쉬며
인벽人壁의 가시밭길 지나
깎아 다듬는 염원으로
우리들은 새 생명의 불길 돋우는 불가사리

생존, 숙명의 신비로운 축제인 것을…

파도

애련에 젖은 숨결로
노독路毒의 심장을 깨우라
염장된 울음으로
유폐의 길을 터라

바위에 부딪힌 하얀 멍들은
순교의 봉우리인가
쓰라린 그리움인가

쪽빛의 파노라마에
퍼덕이는 해무의 숨결을
너는 듣고 있는가

서러워 마라, 서러워 마라
어차피 바위에 부서질
하이얀 낙엽이라면

6부

長篇敍事詩

내 소원은 대한독립
(백범의 일대기를 敍事詩로 조명하다)
– 백범 김구 선생님을 그리며
(건국 100주년에 부쳐)

본 **長篇敍事詩** 「내 소원은 대한독립」(김찬식作)은 대통령직속 기관인 '3·1운동 및 대한민국임시정부수립 100주년 기념사업 주친위원회'로부터 '국민참여기념사업'으로 선정된 작품임.

1. 백범의 탄생(1876)

때는 바야흐로 조선이 대륙에서 해양으로 개문한
1876년 병자년이다
눈물을 머금고 강화도 조약은 체결되고
조선은 눈뜨고 도둑을 맞았다
바람 앞 등불의 대지에 세상을 첫 대면한
백범의 울음은 비통으로 우렁찼다
가난에 찌들린 가문,
차라리 죽었으면 좋겠다는 어머니의 한탄은 탄주였다

관상을 보아하니
부귀의 격은 없고 천빈한 흉 격 밖에 없으니
가슴에 쌓이는 것은 애통뿐이다

상 좋은 것이 몸 좋은 것만 못하고
몸 좋은 것이 마음 좋은 것만 못하다 했으니
서당전전 독학열정 면비학동으로 열학하며
병서에 탐닉, 훗날을 도모하니 대인의 기질
싹이 터여 갔다

2. 동학 입문入門과 동학농민전쟁(1894. 2)

약관도 되기 전 17세, 과거 낙방에 절치부심切齒腐心

인내천人乃天, 사람이 하늘이고 하늘이 사람이다
만민평등의 근본사상에 마음이 불길처럼 일어나
동학에 입도, 18세 최소의 나이에 동학접주가 되었으니
비범한 인물명성 만방팔방에 퍼져나갔다

탐관오리의 부패와 조정의 무능에 민심은 들끓고
평범한 민초들, 동학농민은 온몸을 던져 들불처럼 봉기하
였다

'우리가 의를 들고 봉기한 것은 민생을 도탄에서 구하고
나라를 반석 위에 올려놓고자 함이다'

백범은 해주성 공략의 최선봉에 나서 관군과 일본군에 맞
섰다
참전과 패전은 일본의 내정간섭을 불러오니
만고천하에 흥망을 번복하지 않는 나라가 없으나
군주만 바뀔 뿐인데
작금 조선의 운명은 백성과 토지 주권을 모조리
왜놈에게 빼앗기게 되었으니 치욕의 망국이 아니고 무엇
이랴

인연은 인연을 불러와 인연의 고리를 만든다
참스승과의 인연은 생의 전환점을 맞는데
만남은 필히 헤어짐으로 종결되는 것이 인생사라
회자정리會者定離는 새로운 도약으로

질풍노도의 청년은 청국으로의 북행견문을 떠난다

3. 북행견문 길에서의 치하포의거(1896. 3. 9)

*산은 들이 좁을까 머뭇거리며 멀리 솟아 있고
물은 배 가는 것이 두려워 얕게 얕게 흐르는구나

일본의 명성황후 살해에 비분강개
약관의 나이에 치하포에서 의분은 폭발하고

'국모의 원수를 갚기 위해 이 왜놈을 죽이노라'
당당히 포고하며 방을 써 붙이니
소문은 민들레 홀씨처럼 날아 민족의 가슴에
애국 애족의 싹을 틔웠다

'나는 일개 시골의 천민이지만 신하된 백성의 의리로
국가가 수치를 당하고, 푸른 하늘 밝은 해 아래
내 그림자가 부끄러워서 왜구 한 명을 죽였다'

'왜놈이 국모를 살해하였으니 온 나라 백성의 대치욕이오
왜놈의 죄악은 궁궐에만 그치지 않을 것이니
우리의 아들딸들이 왜놈의 손에 다 죽기 전에

* 김병연의 시 '남대천' 일부 인용

나를 본받아서 왜놈을 보이는 대로 처치해야 하리오'

산천초목을 떨게 한 옥중에서 충의와 기개는 광휘로 빛나고
백범의 사자후가 천지를 진동하니
명성황후, 잔잔한 미소를 지으며 하늘로 훨훨 날아갔다

*탈옥을 감행하니 탈옥은 충과 효다
새장을 박차고 나가는 새가 진정한 새요
비범한 물고기는 그물에 걸리지 않으며
나라와 민족에 충성하는 이,
불효자는 없으니
눈비를 맞으며 동구 밖에서 오직 자식 기다리는
애절한 어머님의 심중 헤아려야 하리

4. 출가의 길, 마곡사로 향하다 (1898. 9)

절 남쪽 산꼭대기에 오르니 해는 황혼인데
온 산에 단풍잎은 누릇누릇 불긋불긋,
가을바람에 나그네의 심정 애잔하다

저녁 안개가 산 아래 절간을 자물쇠로 채우고
온갖 풍진 속에 오락가락하는 세간의 추한 말들

* 김경득의 한시 일부 인용

나무라며 손사래를 친다
저녁 종소리가 안개를 헤치며 귓가에서 속삭이고
모든 번뇌를 해탈하고 입문하라 한다
한 걸음씩 한 걸음씩
혼탁混濁한 세계에서 청량淸凉한 세계로
지옥에서 극락으로
세간世間에서 걸음을 옮겨 출세간出世間의 길을 간다

청정법계淸淨法界 속에
만 가지 생각이 스쳐 지나가니
세간의 야망 물거품이다
삭발진언削髮眞言하고 상투가 발아래 떨어지니
추락하는 머리카락 위로 눈물도 함께 떨어진다

평생의 한이던 상놈의 껍질을 벗고
양반이 되어 양반에게 당해온
오랜 원한을 갚고자 하였으나
영웅심과 공명심은 삭발진언削髮眞言에 무너졌다

5. 을사보호조약에 목 놓아
대성통곡하노라(1905.11.17)

때는 바야흐로 1905년 을사년의 늦가을, 십일월 열이렛날
늑약체결로 주권 없는 나라가 되어 대한문 앞에는

눈물의 상소문 올랐다

왜놈이 국권을 강탈하고 조약을 무력으로 체결하는데
우리 민족은 노예가 되어 살 것인가 의롭게 죽을 것인가

사방팔방 의병이 일어나고 을사의병운동은 불길처럼 타올라
동에서 패하면 서에서 일어나고 서에서 패하면 동에서 일어
났다

*'아! 이날, 목 놓아 대성통곡하노라!
아, 슬프도다! 저 금수보다 못한 을사오적乙巳五賊이여
대신이란 자들이 일신의 영달과 이익을 바라면서
위협에 겁먹어 벌벌 떨며 나라를 팔아먹는 도적이 되기를
마다하지 않았으니

아! 원통한지고, 아! 분한지고.
우리 2천만 동포여! 노예된 동포여! 살았는가, 죽었는가?
단군, 기자 이래 4천년 국민정신이 하룻밤 사이에
홀연 망하고 말 것인가
원통하고 원통하다! 동포여! 동포여!'

모진 고문에도 청아淸雅한 정신만은 살아있음에
'김구 이름에 거북이 구를 아홉 구로 바꾼 것은

* 장지연의 '시일야방성대곡'에서 일부 인용

115

왜의 민적民籍에서 벗어나고자 함이고
호를 백범으로 바꾼 것은 미천한 백정이나 범부들이라도
나 같은 애국심을 가져야 완전한 독립국이 되리라는 바램이
었다'

'옥중에서도 시도 때도 없는 나의 기도는
어느 때 나라가 독립하거든 청사의 문지기로
뜰도 쓸고 창호 닦는 일을 해보고 죽게 해달라는 소원이었다'

6. 독립만세와 대한민국의 건국(1919. 4. 11)

(기미년 3월 1일 독립만세 소리는 청천의 뇌성처럼
온 나라에 울려 퍼지며 들불처럼 번져나가 세계는 초풍하고
시류時流는 걷잡을 수 없는 혼돈의 탁류로 흘렀다
백범은 벚꽃 만발하는 춘삼월 스무아흐레 날(1919. 3. 29)
난을 피해 고향산천 고국을 떠나 출렁이는 바다 산동만의
파도를 헤치며 상해에 망명의 닻을 내렸다)

망명의 길이다
1919년 4월 11일, 100년 전 바로 오늘
'상해임시의정원'과 '대조선공화국'이 두 손을 맞잡았다

'대한민국임시정부 헌법'이 만천하에 공포
대한민국 건국이 선포되었도다

반만년 단군 역사 이래,
왕국王國이 아닌 최초의 민국民國 탄생이다

웃을 수도 없었고 울 수도 없었던
그
날
기쁨도 아니었고 슬픔도 아니었던
그
날

실국失國의 통한은 가슴마다 사무쳤고
분국分局의 슬픔 아슴한데
100년 흐른 세월은 감개무량이라

이제는 번성의 조국
아! 오늘 만큼은 기쁨으로 목 놓아 통곡하자

7. 독립열사들과 영웅적 거사

(민국이 태어나고 야속하게도 일제의 만행은
십여 년의 세월과 나란하여 일본의 침략본성은
만주전쟁을 일으켜 흉흉한 민심은 극에 달했다)

드디어 1932년 정월 초파일
일본 천황에 폭탄이 투척되었다(1932. 1. 8)
백범의 애국단 선봉장 제1호 이봉창 열사
지극히 평범한 삶으로 영웅적 거사를 실행,
비록 원흉의 제거는 실패하였으나
침략의 원흉, 세계평화의 파괴자 일황의 저격은
인류정의 수립과 인간 양심의 회복이고
한민족의 독립의지와 임정의 건재를 세계만방에 선포하며
시들어 가는 임시정부를 부활시킨 쾌거였다

그해 또 한 번의 영웅의 거사가 있었으니
때는 바야흐로, 꽃잎 눈발처럼 날리우고
꽃비 내리는 봄날, 춘 사월 스무아흐레 날(1932. 4. 29)
천하영웅 윤봉길이 거사를 떠나기에 앞서
백범과 시계를 서로 맞교환하며 눈물로 거사식을 치룸에

상해 홍구공원 일본 천황의 천장절 경축식
군악이 흐르고 축하연은 익어 가는데
단상에 돌연 청천벽력의 포성이 천지를 진동하니
축포가 아닌 침략의 원흉을 분쇄하는 뇌성이다

장개석은 10억의 한족에게 소리쳤다
'중국의 100만 대군도 해내지 못한 일을
한국 용사 1명이 단행하였다!'라고

8. '아, 왜적이 항복', 해방을 맞다(1945. 8. 15)

한인 학도병들의 탈출은 (1945. 1. 31)
6000리 대장정, 천신만고 죽음의 사선을 넘고 또 넘은
대탈출이다

'징병으로 가족과 생이별, 개죽음의 전쟁에 출전케 되었으니
비통한 마음 이루 말할 수 없오이다
고국의 부모 조부모님들이 교훈하기를 왜군의 앞잡이로 개죽음을
당할 바에야 독립전쟁을 하다가 영광스런 죽음을 맞이하라
함에
사선을 뚫고 이렇게 탈출한 것이외다'
눈가에 이슬 맺힌 임정 요인들, 감격에 겨워하는 연합국 인사들
환호는 끊이지 않는 춤추는 연사鳶絲였다

오호 애재라! 일본이 조기 항복하였다
'아! 왜적이 항복', 백범의 일성은 탄식이었다

오호 통재라!
기회를 놓친 광복군과 미군의 연합 침공작전
조기 항복은 희소식이라기보다 천붕지괴天崩地壞였다

해방을 맞아 그리던 내 땅에 첫발을 내딛으니
고국을 떠나 풍찬노숙한 지 어언 27년 만이다(1945. 11. 23)
두 가지 감격이 뒤엉긴다
하나는 기쁨이요 또 하나는 슬픔이다

수십만 겨레가 총출동, 태극기가 창공에 휘날리고
환영회를 여니 해외만리 풍상의 고통은 잊어버려라

의구한 산천은 변함없이 나를 반겨주어
해는 빛을 잃은 듯하다
물러나 속세의 일을 돌아보니
마치 꿈속의 일만 같다

9. 흉탄에 쓰러지다(1949. 6. 26)

아, 비통하도다
애통하게도 님은 우리 곁을 떠났지만 님의 향기는
삼천리 방방곡곡 나부낀다
1949년 초여름 유월 스무엿새 날이다
안두희가 쏜 흉탄은 경교장에 앉아있는
백범의 가슴으로 날아들었다

아! 님은, 조국분단의 비통을 안고
영영 애별리고愛別離苦를 남기며 우리 곁을 떠났다
그러나 결코 영원히 떠난 것은 아니리라

국민장의 운구행렬은 온 국민의 애도 속에 종로를 가로질러
동대문 운동장에 멈추어 섰다
아침부터 밤까지 운구 조문행렬은 끊이지 않아
님이 떠나는 그날만큼은 빈집에 도둑이 들지 않았다

*'남은 우리들은 목자 잃은 양 떼와 같습니다.
다시금 헤아려 보면 선생님은 결코 가시지 않았습니다.
삼천만 동포의 가슴마다에 계십니다.
선생님의 거룩한 희생으로 민족의 대통일, 대화평,
자유민주에 의한 새 역사의 페이지는 열릴 것입니다.'

10. 나의 소원은 대한독립이오

네 소원이 무엇이냐 하고 하느님이 내게 물으시면,
나는 서슴지 않고 "내 소원은 대한독립이오."
하고 대답할 것이다. 그다음 소원은 무엇이냐 하면,
나는 또 "우리나라의 독립이오." 할 것이요,
또 그다음 소원이 무엇이냐 하는 세 번째 물음에도,
나는 더욱 소리를 높여서
**"나의 소원은 우리나라 대한의 완전한 자주독립이오."
하고 대답할 것이다.
동포 여러분!

* 엄항섭의 추모사에서 인용
** 백범일지에서 일부 인용이었다

나 김구의 소원은 이것 하나밖에는 없소이다.

귀하면 궁함이 없고 궁하면 귀함이 없거늘
나는 귀해도 언제나 궁했다
독립운동을 하다 목숨 잃은 애국지사의 비통에
내 죽는 날까지 나의 생일상을 차리지 않기로 작정하고
어디에도 생신기일을 누락하였다

나의 칠십 평생을 회고하면 살려고 산 것이 아니고
살아져서 산 것이며 죽으려 하여도 죽지 못한 이 몸이
끝내는 죽어져서 죽었도다

역사란 과거와 현재의 끊임없는
대화와 소통이고 교훈이라
고난의 역사를 잊은 민족에겐 미래란 없는 것이다

文學과 詩에 대한 小考

— 詩人 김찬식

1. '홀로 있을 수 없다'는 크나큰 불행의 명제
- 文學이란, 詩란 무엇인가

　문학은 언어를 도구로 하여 나 자신이나 타인의 삶을 타자에게 표현하는 것이다. 사람 사는 곳에는 언제나 이야기가 상존한다.
　이야기가 있는 곳에는 항상 사람이 모여든다.
　다시 말해 문학은 인간 삶의 이야기다.
　언어는 타자를 필수조건으로 하므로 문학이란 타자에게 나를 드러내고자 하는 욕망의 분출이고 나아가서는 자신의 삶을 근간으로 하는 기록이며 사유다.
　이러한 순수문학의 정의에 반해 상업적 문학은 순수문학에 기대어 재화를 목적으로 하는 욕망의 분출이다.

　시란 무엇인가?
　문학의 한 장르인 詩를 알려면 '문학은 무엇인가'란 질의부터 전제되어야 한다.
　상기하였듯이 문학은 언어를 도구로 하여 나 자신이나 타인의 삶을 타자에게 표현하는 것이라 했다.
　이러한 문학의 본질 속에서 과연 시란 무엇인가?
　고대로부터 근 현대까지 詩에 대해 무수한 질의와 선인들의 답변이 있어 왔지만 한마디로 정의할 수 없다는 것이다.
　더구나 시와 산문의 경계가 모호한 이 시대에 과연 시란 무엇인가?

우리는 소설이나 수필 속에서 어떤 시집보다도 아름다운 詩句들이 늘려있는 것을 발견한다.

한편의 장시라고 해도 무방한 단수필도 많이 존재한다.

작품 그 자체가 은유인 수필 같은 시도 존재한다.

책 자체가 은유덩어리인 소설은 거대한 시라고도 말 할 수도 있는 것이다.

고대의 서사시를 읽어보면 오히려 산문에 가깝다고도 할 수 있다.

작금에 있어 시 정의의 모호성은 발전과 확장을 의미하기도 하지만 이처럼 시를 정의하는 것은 강압이고 폭력일 수 있다.

네루다는 '시에 정의를 내리는 일은 세상에서 가장 어리석고 무서운 일이다'라고 했다.

대한민국에서 꽤나 이름난 시인들에게 시란 무엇인가 물어보면 '아예 시가 무엇인가 묻지 말라' '나는 시를 모르고 정체가 없는 도깨비다'라고 답한다든지 또는 답을 주저하고 난처해하기도 하여 선문답 같은 것이 이 질문이다.

그래서 '시는 무엇인가'라고 물을 것이 아니라 '나에게 시는 무엇인가'라고 묻는 게 타탕할 것이다. 이제는 시가 된다, 아니다로 분분히 논할 것이 아니고 독자나 작자가 시라고 느끼면 시가 되고 느낌이 없으면 시가 아닌 것이다.

우리네 삶이 손에 만져지는 실체가 아니듯 시는 그 실체가 구체적으로 손에 들어오지 않는, 해답은 있으나 정답 없는 인생과 같은 것이다.

짧은 글속에 함축과 은유, 중의重意 그리고 삶과 우주를 포함하면 시가 아니겠는가.

나의 시 쓰기를 말하자면 나는 시를 독학하였다.

전공이 문과가 아닌 이과출신이라 배울 인연이 막연하여 나에게 가르쳐 주는 이도 없었고 성정이 남에게 배우는 것을 싫어해서 독학하는 체질이라 학창시절에도 수업시간에 강의를 듣는 것 보다는 혼자 시집이나 에세이를 읽고 쓴다든지 내 하고 싶은 공부를 하곤 하였다.

시작법 책과 시집을 구입하여 공부하는 등, 시가 되는지도 모르고 내 스스로 배우고 익혔던 것이다.

이러한 시작법 책과 시집, 독학이 나의 스승이었던 것이다.

정작 펜을 들고 시를 써보겠다고 책상에 앉으면 막막해지고 눈앞이 캄캄해진다.

짧은 시간이지만 그 순간은 고통이다.

어쩌겠나. 이왕 잡은 펜에서 고통을 벗어나려면 글자의 씨앗을 몇 알이라도 뿌려야 하지 않나.

씨앗을 뿌리듯 몇 자 긁적이다보면 그제야 싹이 터고 무엇이 꿈틀거리며 미동한다. 부재에서 실체가 드러나고 미지에서 실체로 전환되고 환영에서 실체로 현현한다. 고통속의 환희라 할까.

詩作의 과정은 고통이라지만 결과는 歡喜다.

이래서 과정의 고통을 생각하면 시를 쓰고 싶지 않지만 결과의 환희가 좋아 나는 시를 쓰는 것이다.

미치지(狂) 않으면 미치지(着) 못한다는 말이 있다.

나의 시를 돌이켜 생각해보면 제 정신이 아니고 미친 듯이 쓴 시가 대부분인 듯하다.

이 실체불명의 미혹한 생명체인 詩를 제 정신이 아니고는 어떻게 시의 목을 비틀어 놓고 어떤 레시피로 요리를 할 수가 있겠는가.

생의 고통으로 부터 탈출을 하고자 하나 영구히 탈출할 수 없는 이 비루한 삶에 마약 같은 것이 詩가 아닐까.

현대시를 가르치는 분들 중에는 '낯설게 하기'나 '비틀기' 같은 기법을 강조하는데 과연 이러한 詩作수법이 필요한 것인가. 비유도 객관성이 있어야 참신한 비유가 된다. 객관성 없는 생뚱한 낯설기와 엉뚱한 비틀기는 잘못하면 시가 부러질 수도 있다.

이렇게 하지 않으면 시가 되지 않는 것인가 반문해보고 싶다.

문학상이나 백일장 등에 심사위원으로 참가하여 심사를 하다보면 참신성이 결여된 언어의 유희로 연쇄적 말장난 같은 시가 눈에 들어온다. 그러한 시는 당장에는 눈에 띄나 정독해보면 빈약한 주제에 논리가 결여되어 도대체 무엇을 말하는 것인지 알 수가 없다.

어설픈 시인이나 자격미달의 심사위원들에게는 눈에 띌 수 있을 것이나 경계해야 할 일이다.

현란한 수사보다 질박한 진실성이 깃던 글이 더욱 더 감동을 주는 시다.

시인의 경로가 처음에는 소월 시로 시작해서 그 다음 난해시로 가서는 결국 종착점은 다시 소월 시로 돌아온다. 소월의 시는 읽기는 쉽지만 결코 쓰기는 쉽지 않은 서정시인 것이다.

때는 바야흐로 봄을 건너 신록의 초입으로 들어서고 있다.
꽃보다 아름다운 이 신록의 계절에 '홀로 있을 수 없다'는 명제는 크나큰 불행이다.

거리에는 봄바람 따라 하늘하늘 거리는 꽃잎들의 향연, 이 완연한 봄과 여름의 초입에 부는 바람은 훈훈하다.

하지만 바람의 속을 열어보면 곳곳에 겨우내 꽁꽁 언 추위를 견뎌낸 아픔의 생채기들이 혼재하고 있을 것인 즉, 이 바람의 아픔을 공감하면서 고독을 껴안아 보자.

문학은 고독으로부터 출발하고 시인은 고독으로부터 시를 추출해낸다. 자유와 방종에 대한 미분별과 고독에 대한 감내 능력의 결여는 문인으로서 시인으로서 자격상실이다.

정신과 의사이면서 정신분석학자인 앤서니 스토는 고독의 필요성과 중요성을 강조하면서 혼자 있을 수 있는 능력이야말로 성숙한 인간의 중요한 징표라 했다. 공동체의 중요성을 간과할 수 없으나 함께 함을 과대평가할 것 까지는 없으며 집단보다는 개인의 내면에 더욱 집중할 필요가 있지 않을까라는 생각을 해본다.

고독은 자기만의 세계에 허우적대는 것이 아니라 깊은 사유와 내면의 세계에서 창조를 위한 유영인 것이다.

특히 홀로 창조 작업에 몰두해야하는 문학인들은 고독한 혼자만의 시간이 더욱 필요하리라.

'바쁘게 돌아가는 세상에서 우리 모두 좋은 본성과 너무도 오랫동안 떨어져 시들어가고, 일에 지치고, 쾌락에 진력이 났을 때, 고독은 얼마나 반갑고 고마운가'라고 윌리엄 워즈워스가 읊지 않았던가.

현시대는 예술과 문화가 새로이 탄생하고 또한 그 예술과 문화가 거미줄처럼 엉겨 결합되고 융합되어 변화를 거듭하면서 혼재한다.
이 다양한 예술과 문화를 모두 체험할 수 없지만 다채로운 경험의 나들이로 향유하고 만추와 입동, 계절의 경계점에서 고독의 사유를 확장해보자.
시가 내 인생의 전부라고 말하는 협의의 인간보다 시는 내 인생의 일부일 뿐이라고 말하면서도 秀作을 낳는 입체적인 광의廣意의 인간을 나는 사랑하고 싶다.

결국 문학과 詩가 궁극적으로 추구해야 할 목표는 '자유와 로맨틱'이다.
폭력과 무질서는 자유를 무너뜨리는 제 일의 적이다.
이 '자유'는 공포로부터의 탈피 그리고 질서, 평화를 전제로 하는 것이다.
나는 자유가 부재하는 부富보다는 자유가 상존하는 궁핍窮乏을 택하겠다.

'로맨틱'은 고단한 생의 여정에 휴식터이자, 인간 삶의 궁극적 목표이며 행복의 정점일 수 있다.

 외로움과 갈등으로 점철된 고단하고 애틋한 우리네 삶에 문학과 詩가 위안과 위로가 되지 못한다면 무슨 소용이 있겠는가.

 오!, '아타락시아'여 '자유와 로맨틱'이 그립다.

2. 詩에 대한 나의 小考

小考 1.

詩는 문학의 한 장르이고 문학은 예술의 한 장르이다.

다시 말해 시는 예술이라는 것이다.

그럼 예술은 무엇인가?

먼저 예술의 정의에 대해서 알아야 할 것이다.

우선 사전적 정의는 특별한 재료, 기교, 양식 따위로 감상의 대상이 되는 아름다움을 표현하려는 인간의 활동 및 그 작품이라고 되어 있다.

그러나 우리가 일반적으로 사용하는 예술이란 단어는 포괄적이다. 그 포괄 속에는 놓칠 수 없는 '감동'이라는 말이 내재 혹은 외재되어 따라 다닌다. 감동이 없으면 어떤 행위나 작품도 예술이라 표현하기는 어려울 것이다.

'예술이란 무엇인가'란 사전적 의미를 탈피하여 한 차원 높여 사전적 의미에다 '감동'이라는 말을 덧붙여야 할 것이다.

감동이 없으면 예술이 될 수 없다. 아무리 뛰어난 재료적 작품이나 정신적 작품이라 해도 감동이 없으면 기술이지 예술이 아닌 것이다.

다시 말해 기술(skill)에다 감동을 보태어야 예술이 된다는 것이다.

또한 감동만 있다고 예술이 되는 것도 아니요.

감동에다 숙련되고 세련된 기술(skill)이 가미되어야 예술이 되는 것이다.

사전적 예술의 정의에서 일반적인 포괄적 예술의 정의로 시를 말할 때, 포스트 모더니즘시, 해체시 등이 과연 예술이란 정의에서 시라고 말할 수 있느냐 하는 것이다. 이러한 시도 시적 자아는 존재하기는 하나 이러한 난해한 시에 대해 다수의 독자들과 시인들 중 일부는 거부감을 갖는다는 것은 주지의 사실이다.

이것은 개인의 취향이니 옳다 그르다 말할 수 있는 것은 아닐 것이다. 예술은 상대가 있는 나와 상대를 위한 표현이고 표현은 상대에게 의미를 전달하는 것일진대 도대체 무엇을 말하려는 것인지, 무슨 의미인지 상대를 인식하고 쓰고 있는지를 알 수 없으니 혼미한 자기만의 독백에서 탈피해야 할 것이다.

긍정적으로 생각해본다면 서두에 언급한 난해시들은 예술적 시의 전단계인 실험적 시다라고는 말 할 수는 있을 것이다.

어떤 정신적 행위의 소산물이든 어떤 자연재료를 소재로 한 인위적 소산물이든 처음부터 예술이 된 것은 아닌 것이다.

고대로 부터 인간의 창작행위가 생존의 필요성에서 부터 시작하여 점차 발전하여 감동적 수준까지 도달함으로서 우리 인간 스스로가 객관성과 보편성에 의해 이러 이러한 것이 예술적 작품이라고 칭하게 된 것이다.

전자에 언급한 시들은 아직까지는 예술적 작품의 시라고 말할 수 있는 것은 아닌 것이다.

예술은 그 시대의 패러다임에서 인정하여야 하고 인정되어야 만이 예술이 되는 것이다.

시대를 앞서간다고 예술이 되는 것은 아니다. 물론 예술은 시대에 앞서가기도 하지만 객관성과 타당성이 존재해야하는 것이지 너무 지나친 앞섬은 예술이 아닌 엉뚱함이다.

예술은 시간의 유한성에 지배를 받아야 하는 것이므로 현재에 감동을 주지 못하는 작품은 예술이 될 수 없다.

감동이란 인간의 정서 감정에 최선인 것이며 위로요 카타르시스인 것이다.

알아듣지 못하는 시, 위로 받지 못하는 시, 감동 없는 시는 시가 아니다. 좋은 시는 여기에다 아름다움 즉 미학이 가미될 때 최고의 시가 되는 것이다. 이러하니 한 편의 시를 쓴다는 것은 쉽지 만은 않다.

오죽했으면 시는 고통의 산물이고 제 배속으로 낳은 자식이라고 시인들이 말하겠는가.

과연 내가 시다운 시를 쓰고 있는 것인가.

오늘도 자문하고 반문하고 반성해본다.

小考 2.

지나친 상징과 은유는 시의 본질을 호도한다.

포스트모더니즘이 표방하는 시문 즉 지나친 비문도 마찬가지이며 해석이 불가한 혼미한 독백이나 넋두리 같은 표현도 시의 위기와 문학의 위기를 초래한다.

사물은 그 자체로 고고히 존재하는 것인데 현대의 시인들은 사물의 본질이나 현상을 훼손하고 너무 많이 비틀고 있어 사물은 괴로워하고 아파한다.

낯설기 함도 객관성과 보편타당성이 확립되어야 하며 일정부분 논리와 설득력이 있어야 한다.

가시광선에 비쳐진 가시적 사물, 현상세계란 수 억 만년을 거쳐 다듬어진 신의 완성품이고 예술작품인 것이다, 이 자체가 바로 시이고 예술이며 축제이다.

단지, 시인이란 이미 완성된 완전한 신의 예술품을 보고 느낌이나 감정을 전하는 것이며 또한 느낌을 표현한다 해도 일부 지엽적 한 부분만을 표현할 뿐이지 인간의 능력으로서는 그 사물의 전부를 표현하기는 불가능하다.

좀 더 나아가서는 신의 예술품인 만물과 그리고 그 만물을 창조한 신과 소통하고 대화하는 것 일진데, 자기가 신인양 일방적 대화로 덧칠하여 신성한 예술품을 망치는 일은 삼가야 할 일이다.

축제를 위해 장식된 아름다운 사물과 그리고 그 그림자와

마당 뒤에 숨어 잔치를 준비하는 아낙네들의 가치를 발견하고 또 수고를 치하하는 것이 시인들이 해야 할 일이다.

보고 느낀 것을 아름답게 여운이 길게 함축 요약된 문장으로 격려와 축하하는 것이 시인이 해야 할 일이고 이것이 시이다.

모든 예술의 공통점은 아름다움과 감동이다.

목표는 감정과 정서의 순화, 카타르시스, 감동을 통한 인간정신의 고양이다.

고대 그리스신화의 주인공들을 미화하고 표현해낸 고대나 르네상스시대의 모든 조각 미술 음악 작품들은 아름다움과 조화를 최우선으로 추구했다.

예술은 아름다움이 포함된 감동이어야 한다.

미적 감동을 제공하지 못하는 시는 예술이 아닌 하나의 작문일 뿐이다.

나 홀로 버티기

김찬식 지음

발 행 처 · 도서출판 **청어**
발 행 인 · 이영철
영　　업 · 이동호
홍　　보 · 천성래
기　　획 · 남기환
편　　집 · 방세화
디 자 인 · 이수빈 | 김영은
제작이사 · 공병한
인　　쇄 · 두리터

등　　록 · 1999년 5월 3일
(제1999-000063호)

1판 1쇄 발행 · 2020년 6월 30일

주소 · 서울특별시 서초구 남부순환로 364길 8-15 동일빌딩 2층
대표전화 · 02-586-0477
팩시밀리 · 0303-0942-0478

홈페이지 · www.chungeobook.com
E-mail · ppi20@hanmail.net
ISBN · 979-11-5860-860-6(03810)

이 도서의 국립중앙도서관 출판시도서목록(CIP)은 서지정보유통지원시스템 홈페이지
(http://seoji.nl.go.kr)와 국가자료공동목록시스템(http://www.nl.go.kr/kolisnet)
에서 이용하실 수 있습니다.(CIP제어번호: CIP2020024504)

부산광역시　BUSAN METROPOLITAN CITY　부산문화재단　BUSAN CULTURAL FOUNDATION

본 도서는 2020년 부산광역시, 부산문화재단 지역문화예술 특성화지원 부산문화예술
지원사업으로 지원을 받았습니다.